KB272812

감정 기록의 힘

'사라지지 않는 나'를 만드는 가장 오래된, 너무나 인간적인

감정 기록의 힘

'사라지지 않는 나'를 만드는 가장 오래된, 너무나 인간적인

윤슬

도서출판담다

프롤로그 : 마지막 영역

프롤로그 : 마지막 영역

어떤 날은 마음이
몸보다 먼저 주저앉는다.

밖으로 드러나는 것은 없지만,
아무 일도 없는 것처럼 보이지만,
안에서는 작은 균열이
걷잡을 수 없는 속도로
온몸을 흔들어 정신을 차릴 수 없게 만든다.

가끔이지만
그런 순간이 찾아오면,
나는 늘 비슷한 방식으로
나를 돕는다.
아니 나를 구해 낸다.

조용히 노트북을 열고,
감정의 쓰레기통이라
이름 붙인 파일을 열고는

떠오르는 대로 모든 것을 쏟아 낸다.
그곳의 문장에는 형태가 없다.

모양도 없고, 순서나 의미도 없다.
재해석의 노력이나 삶의 의지는 찾기 어렵다.
불완전함, 그 자체다.

애초에 누구에게 보여 줄 것이 아니기에
가공되지 않은 마음, 온전함, 그 자체다.
어떻게 해도
감정이 해결되지 않을 때,
무언가 하지 않으면
정말 큰일이 날 것 같은 위기감이 들 때,

내가 다른 어떤 행동보다
가장 먼저 기록을 선택하는 이유는 단 하나.

'나에게 말을 걸기 위해서'다.

감정을 감당할 수 없는 상태에서
'정리'한다고 덤벼들었다가
오히려 마음을 더 흩트려 놓는 순간이 많았다.

정리되는 게 아니라
상황이 더 복잡해지는 날이 많았다.

그래서 가능한 한 어떤 판단을 내리거나
행동으로 옮기기 전에
마음을 있는 그대로 들여다보는
나만의 의식을 치르고 있다.

그것이 '기록'이다.

제법 오랜 시간,
감정을 기록하면서
마음이 흐르는 대로
어디로 흘러가고 있는지를 지켜보았다.

결과는 참으로 극적이었다.

희한하게도, 끝에 가닿으면

처음의 온도가 아니었다.

너무 뜨거워

만지기조차 힘들었던 감정은

시간이 지난 커피처럼 적당히 식어 있고,

불길처럼 치솟아 오르던 마음은

제자리를 찾아 조금씩 이동할 준비를 하고 있었다.

그렇게 스스로 실험자가 되어

수십 번, 수백 번 경험하면서

나는 아주 중요한 사실을 발견했다.

기록은

감정을 비우는 일이 아니라,

감정을 되돌려놓는 일이라는 것을.

나를 바꾸는 일이 아니라

나를 데려오는 일이라는 것을.

새로운 기술과

새로운 기계의 만남,

인공지능의 시대를 살아가고 있다.

AGI, ASI라는 단어가

낯설게 느껴지지 않는 시대다.

기계가 빛의 속도로 학습해

우리의 언어를 이해하는 것은 물론,

깊은 대화를 유도하고 있다.

우리의 행동을

수치화시켜 표현하는 일은

웬만한 전문가보다 뛰어나다.

하지만 아무리 인공지능이 발달해도

속 깊은 감정이나 마음의 떨림은

알아차리기 어렵다.

그날, 그 말이

왜 그렇게 아프게 다가왔는지.

그 모습 앞에서

왜 그렇게 마음이 흔들렸는지.

이것은 우리만이 알아차릴 수 있는

고유한 영역이다.

기록의 힘이 지닌 영역은

기계나 기술로 대체되지 않는

인간이 '인간다움'으로 남을 수 있는

'마지막 영역'이라고 생각한다.

『감정 기록의 힘』은

바로 그 영역에 관한 이야기다.

'인간적'이라는 말이

어색해진 시대에

'사라지지 않는 사람'으로

살아가기 위한 탐구보고서다.

기계는 온도를 계산할 수 있지만,
온도의 깊이를 읽어 내지 못한다.

기술은 감정을 분류할 수 있지만,
감정의 뿌리를 설명하지 못한다.

그것이 내가 기록하는,
'기록의 힘'을 주장하는 이유다.

오늘도 나는,
내 마음의 조용한 흔들림을 기록한다.

기록은 나를 데려오는 일이고,
나를 지키는 일이며,
나를 다시 나아가게 한다는 것을 알기에.

기록디자이너 윤슬

목차

또 하나의 언어, 감정

감정의 원본을 발견하다

관계 회복의 실마리

삶의 메시지를 기록하다

가장 현명한 사람은

모든 사람에게서 배울 줄 아는 사람이고,

가장 신뢰받는 사람은

타인을 존중하는 말을 건네는 사람이며,

가장 강한 사람은

자신의 감정을 다스릴 줄 아는 사람이다.

또 하나의 언어

감정

감정을 읽는다는 것

어느 주말 저녁의 일이다.
식탁에 앉아 남편과 아들이 나누던 짧은 대화가
마음에 오래 남았다.

"아빠가 표현력만 조금 더 좋았으면,
훨씬 더 멋있었을 텐데…."

아들의 장난스러운 표현에
남편은 별로 놀라는 눈치가 아니었다.

"그거, 아빠가 부족하다는 얘기는 아니지?"
"당연히 아니지. 다만 아주 조금 아쉽다는 얘기지."

장난기 가득한 아들의 표정과
아들의 말을 유연하게 받아 내는
남편을 지켜보면서
웃음 가득한 얼굴로 한마디를 보탰다.

"아빠가 인간적이라는 얘기잖아?"
"그렇지! 딱 그 말이지!"

아들의 말이 거실로 퍼져나가기도 전에
우리는 서로를 바라보며 한참을 웃었다.

장난과 진심이 오묘하게 겹치는 찰나의 순간,
여러 빛깔로 우리 곁에 머물렀지만
누구도 울컥하거나 서운해하지 않았다.

웃음과 농담이
서로의 마음을 쓰다듬고,
분위기가 말랑말랑하게 바뀌는 것을
지켜보고 있을 뿐이었다.

그날의 기억은
생각보다 오랫동안 마음에 머물렀다.

왜냐하면 이런 장면은
기술로는 설명하기 어려운 풍경이기 때문이다.

만약 기계라면
이 장면을 목격했을 때
어떻게 이해하고, 어떻게 표현했을까?

아들의 말에 대해서는 '비판 가능성'을,
남편의 반응에 대해서는 '불안 요소'를,
나의 말에서는 '중재 패턴'을 읽어 내지 않았을까?

아들과 남편, 나의 말과 행동을
수치화해 빅데이터로 활용하지 않았을까?

하지만 그날의 핵심은
사실관계 확인이 아니었다.
빅데이터 수집이 아니었다.

떨림과 울림,
'감정의 결'을 읽어 내는 모습이었다.

수많은 기억과 오랫동안 쌓아 온 시간.

정서적 맥락과 저마다의 온기가
서로에게 얇게 포개어진 풍경.

계산이 필요한 게 아니라
해석이 필요한 순간이었다.

감정의 그림자

10월이 되면
일상의 밀도가 달라진다.

숨을 절반쯤 들이마신 상태로
평소보다 두 배, 혹은 세 배
걸음이 더 빨라지는 기분이다.

11월, 출판사의 가장 큰 행사를 앞두고 있고
여름, 혹은 그 이전부터 준비해 온 프로젝트는
결승선이 코앞이라 저절로 속도가 붙는다.

마감이 겹치고
회의 자료와 교정본은 쌓여 가고
일정표는 수시로 수정된다.

그런 모습을
하나의 단어로 정리한다면
'급하다', '바쁘다'가 될 것 같다.

그런 상황이 벌어지면
나도 모르게
방심하다가 놓치게 되는 것이 있다.

일도, 일정도, 체력도 아니다.
바로 '아주 작은 감정 하나'다.

정신없이 달리다가
문득 정신을 차렸을 때

미세한 떨림을
알아차리지 못했다는 것을
뒤늦게 발견하곤 한다.

기술의 속도는
기하급수적인 속도로 빨라졌지만

그와 달리 우리의 감정은
그렇지 못한 것 같다.

기하급수적인 속도로 빨라지기는커녕
무언가를 이해하기 위해서는
일정한 시간이 필요하고

마음속에 숨겨진
진짜 감정을 알아차리기 위해서는
일부러라도 속도를 늦춰야 한다.

왜냐하면 느려져야
비로소 보이는 것이 있기 때문이다.
나는 그런 순간을
일의 한복판에서 종종 목격한다.

마감이 몰리던 날이었다.

출력 과정에서 바코드가 잘못되어
인쇄가 중단된 날도 그랬고

종이 발주 착오로 인해 전체 일정을
미뤄야 했던 날도 그랬고

끝내 원고가 들어오지 않아
프로젝트를 연기해야 했던 날도 비슷했다.

돌이켜 생각해 보면
대부분 아주 사소한 신호가 있었는데

바쁜 마음에 그 순간을 가볍게 여겨
더 큰 일을 만들었다.

당시에는 인정하지 못했지만,
실은 알고 있었다.
속도를 늦춰야 했다는 것을.

급할수록 마음이
느려져야 한다는 것을.

오랜만에 걸려온
부모님의 전화를 무심하게,

건성으로 대답한 것이
며칠 동안 마음에 걸렸던 기억이 있다.

큰 문제나 중요한 이야기가 아닌
조금 심심한 통화였지만

그 순간
내 말에 담겨 있던 감정과 마음에
내내 아쉬움이 남았다.

이 또한
당시에는 인정하지 못했지만,
그때도 나는 알고 있었다.
속도를 늦춰야 했다는 것을.

급할수록 마음이
느려져야 한다는 것을.

마음이 급할수록
조금 천천히 걸어야 한다는 것을.

기술은
속도는
눈으로 확인할 수 있지만

감정이나 마음은
눈으로 확인하기 어렵다.

눈에 보이지 않는 것이
눈에 보이는 것을 흔든다.

우리의 일상은
기술과 함께 더 빨라지고 있지만
마음이나 감정은
저마다의 속도가 필요하다.

저절로 업그레이드되는 일도 없다.
그래서 나는 기록을 이어 나간다.

마음이나 감정을
그 뒤에 있는 그림자를 포착해
기록으로 남긴다.

바쁜 걸음으로
놓친 것은 없는지.

그냥 흘려보내는 게 아니라
나의 시간을 돌보며
나를 지키겠다는 마음으로
나에게 속삭인다.

마음이 급할수록 느려져야 한다고.
잃어버린 마음이 나에게
돌아올 기회를 만들어야 한다고.

그것이 나를 지켜 주는
가장 현명한 방법이라고.

감정지능

나는 내가 하는 일에 대해
'참 다행이야'라는 생각을 자주 한다.

잘 알지 못한 채 들어선 출판업이지만,
이 세계는 본질적으로
내가 좋아하는 것들이 핵심 요소다.

문장.
감정.
마음.

사유.

나아가 사람.

이런 것들을
끊임없이 마주하는 일은
나를 소진시키기보다
나를 채워 준다.

하지만 좋아하는 것들에
둘러싸여 있다고 해서
감정도 항상 풍요롭거나
따스한 것은 아니다.

왜냐하면 이 일에도
습관처럼 하는 것이 있고
헛헛한 기분에 휩싸여
마음 한구석에 구멍이 생긴 것처럼
몸이 움직여지지 않는 날이 있기 때문이다.

일이 술술 잘 풀리는데
오히려 마음이 무겁게 내려앉는 날도 생겨난다.

그럴 때면
나는 아주 잠깐 일시 멈춤 버튼을 누른다.
그러고는 스스로 묻는다.

지금 나의 마음이
텅텅 비워진 상태인지
아니면 따듯함으로 잘 채워진 상태인지.

주관적인 해석이지만
감정이라는 언어가
삶에서 어떤 역할을 하는지
감정을 기록해 본 사람은 공감할 것이다.

곰곰이 생각해 보면
인간이 인간으로 남을 수 있는 이유는

감정을 해석하고
재구성할 수 있기 때문이다.

더불어 감정을 잘 다루어
언어로 표현하고,
그 언어를 통해 현실을 새롭게 읽기 때문에
연대와 협력이 가능하다.

그러니까
'자기의 감정을 잘 다루는 것'을 넘어

관계나 업무에서
개인적인 창작의 영역에서

'감정이라는 언어'를
정확하게 표현하고 구현해 내기에
성장과 발전을 이룰 수 있다.

오늘날 우리 사회가
감정지능(EQ)을 높게 평가하는 이유는
이런 맥락 때문이라고 생각한다.

굳이 먼 이야기를 가져오지 않아도
나는 이 사실을
개인적으로 자주 경험했다.

마음이 채워진 날에는
문장이 더 잘 읽히고,
곁에 있는 사람의 말도 더 선명하게 들려온다.
책의 메시지나 방향도 또렷하게 다가온다.

하지만,
마음이 텅 빈 것 같은 날에는
안개 속에서 서 있는 것처럼
모든 문장이 흐릿한 결말처럼 애매하다.

미세한 틈이
점점 벌어지는 것을 막지 못하는
그런 순간에 걸리면

선택이나 결정이라는 것은
기한 없이 떠밀려 간다.

그럴 때마다 나는
새삼스럽게 확인한다.

'감정이라는 언어의 경쟁력'을.
'감정지능'의 가치를.

가장 오래된 기술

가만히 생각해 보면
감정은 물과 닮은 점이 많다.

손안에 잠시 머무르다가도,
주의를 기울이지 않으면
금세 흘러내려 어느 순간 사라진다.

그렇다고 해서
감정이 사라지는 것은 아니다.
다만 조금 흩어지는 것은 분명해 보인다.

처음의 시작점이 무엇이었는지
시간이 흐를수록 불분명해지면서
이곳저곳에 뿌리를 내릴 뿐이다.

우리의 조상은
아주 오래전부터
그 사실을 알아차렸던 것 같다.

그래서 이런 감정을 기록하기를 즐겼다.

돌판에 새기기도 하고,
나무에도 그려 넣었다.

사랑이라는
감정을 알게 된 날에도

알 수 없는 감정을
놓치고 싶지 않은 날에도

사라지는 것을 안타까워하며
최대한 오래 보존할 방법을 연구했다.

나는 이 오래된
우리의 기술을 신뢰한다.

그 마음으로
그 기술을 가르치는 공간을 만들어
새기고 그려 넣는 일을 하고 있다.

감정을 구조화하고,
회복하는 과정을 지켜보고 있다.

몇 년 전 '기록'을 주제로
글쓰기 수업을 진행했다.

주제는 글쓰기가 아니라,
'기록' 그 자체였다.

감정을 기록하거나
선택을 기록하거나
행동을 기록하는 수업이었다.

어느 날엔가, 참가한 사람들에게
'나만의 아침 루틴'을 기록하게 했다.

어떤 대단한 루틴이 아니라,
이른 아침
마음이 잠깐 움직였던 순간과
그 순간에 숨겨진 감정을
기록하는 수업이었다.

예를 들면, 오늘 일과 중에서
'이건 정말 잘했어!'라고 생각하는 것을 찾으라고
글감을 제공하고는 생각나는 대로 기록하게 했다.

그런 다음 질문을 던졌다.

"그때 내 마음은 어떤 감정이었을까요?"
"그 감정 뒤에 숨겨진 나의 바람, 욕망은 무엇이었을까
요?"

질문에 대한 답 또한
생각나는 대로 기록하게 했다.

이 지점은
내가 아주 중요하게 다루는 부분이다.

왜냐하면
수면 아래에 있던 진짜 마음이
기록이라는 행위를 통해
모습을 드러내는 순간이기 때문이다.

그 수업을 마무리할 때
많은 사람에게
비슷한 피드백을 받았다.

"이제 조금 알 것 같아요."

그때 알아차렸다.
기록이라는 아주 조용한 도구가
새로운 가능성을 열어 주었다는 것을.

감정은
기록하지 않으면 사라진다.

하지만 기록하는 순간,
흘러 내려가거나
사라지지 않고
삶을 이루는 일부가 된다.

기록하는 순간
감정은,
한 번 더 살게 되고
자기의 삶에 의미와 가치를 부여한다.

기록.

그것은 '사라지려는 마음'을 붙잡아

'사라지지 않는 나'가 되도록 도와주는

가장 소중한 자산이다.

감정의

원본을 발견하다

감각의 총집합

누군가의 말에 숨이 멈추고,
예상치 못한 상황 앞에서 맥박이 빠르게 뛰고,
서운한 말 한마디에
시선이 아래로 떨어지는 순간은
곧 감정의 변화를 의미한다.

몸은 마음보다 빠르고
감각은 감정보다 빠르다.

그 사실을
엄마라는 이름표를 달면서

제대로 배웠다.
아이들과 부딪침이 생기는 날마다
마음보다 몸이 더 빨리 반응했다.

목소리가 높아지고,
얼굴이 발갛게 달아오르고,
속에서는 걷잡을 수 없는 뜨거움이 일었다.

그 뜨거움을
그대로 끌어안았다가 내뱉기를 몇 번.

그러고 나면
항상 후회가 따라왔다.

그래서 어느 순간부터
감정이 치고 올라오면

뜨거움을 감당하지 못할 것 같으면

재빨리 화장실로 달려갔다.
그런 다음 문을 닫고,
낮은 목소리로 숫자를 세었다.

하나,
둘,
셋.

화장실 거울을 바라보며
한참 동안 들어야 했던 가쁜 숨소리.

손잡이를 붙잡았지만
좀처럼 잦아들지 않던 가슴의 두근거림.

조금씩 가라앉기를 기다리는 3초의 시간.

짧다면 짧은.
길다면 긴.

그 3초를 통해 배운 것은
아주 단순했다.

감각이 감정보다
먼저 반응한다는,
몸이 마음보다
먼저 반응한다는,
가르침이었다.

화장실에 갈 상황이 되지 않으면
식탁 의자에 등을 기대거나,
재활용품을 비우기 위해
현관문을 나서거나,
베란다 문틈으로 들어오는 찬 공기에 의지하며
뜨거운 마음이 사그라들기를 기다렸다.

아주 짧은 순간이지만,
그러는 사이 조금씩 변화가 생겨났다.

지금,

이 순간

내가 느끼고 있는 것이

피로인지,

서운함인지,

억울함인지,

원망인지,

분노인지,

그것도 아니면

그저 아주 사소한 흔들림인지

구분하게 된 것이다.

하지만 그보다

내가 더 유의미하게 바라본 것은

그다음이었다.

그렇게 3초를 참으면
3분을 견딜 수 있었고,
그 3분을 견디면
그날 하루의 결이 완전히 달라졌다.

그런 날에는,
언제나처럼
일기장이나 감정의 쓰레기통을 열었다.

그리고 그날의 감정은
내 이야기의 첫 문장이 되었다.

의식적인 노력이나 감정은
생각이 만들어 낸다기보다
몸이 반응하고,
그 반응을 이해하고,
해석하는 과정에서 생겨나는
최종 결과물에 가깝다.

돌이켜 보면
3초 동안 나의 가장 원시적인,
너무나 인간적인 모습이 나타났다.

얼굴이 벌겋게 달아오르거나,
숨이 갑자기 짧아지거나,
심장이 빨리 뛰거나,
표정이 굳거나,
어깨가 묵직해지거나
시선을 어디에 둘지 몰라 방황했다.

그러므로
감정을 이해하고 싶다면,
생각을 읽어 내려고 노력할 게 아니라
감각을 읽어 내는 게 먼저다.

감정을 해석할 게 아니라
몸이 말하는 신호를 알아차려야 한다.

감각의 변화를 포착한 다음,
감각에 숨겨진
진짜 감정을 찾아내는 게 중요하다.

나는 그 과정에서
'기록'이라는 방법을 선택했다.

메모 앱을 열거나
노트에 몇 줄 휘갈겨 써 내려갔다.
그렇게 휘갈겨 쓰고 나면
어둠 한구석에서 안개가 걷히며
조용히 모습을 드러냈다.

나의 숨겨진 진짜 감정이.
감춰진 욕구와 욕망이.

감각을 인지하고
감각을 읽고

감각을 기록하면
감정을 다룰 수 있게 된다.

다룰 수 있는 감정은
과장되거나
축소되는 일이 없다.

그 감정이 생겨난 이유와 함께
지금 어느 지점에
자신이 서 있는지
스스로 알게 된다.

아주 짧은 순간적인 기록일지라도
나를 이해하는 실마리가 되고,
그 안에 숨겨진 감정은
나를 설명하는 메시지가 된다.

감정이 지닌 패턴

불안이라는 감정은
늘 예고 없이 찾아온다.
어떤 날은 이유를 알 수 없을 만큼
조용히 스며들고,
어떤 날은 숨이 막힐 만큼
큰 발걸음과 함께 찾아온다.

특별한 경우가 아니라면,
불안은 항상 감정의 맨 앞자리에 있다.

정확한 계기는 기억나지 않지만,
어느 순간부터 나는
불안을 밀어내기보다
차라리 마주하기로 결심했다.

일과 육아,
나에 대한 기대와 역할,
그 안에서 생겨나는
기대와 실망과 체념, 희망이
불안이라는 이름으로
수시로 나를 찾아왔던 시절이었다.

타고나기를
감정이 섬세하고 예민한 탓에
불안, 두려움, 걱정이
머릿속을 헤집고 다니면
잠은 더 이상
내 편이 아니었다.

그렇게 침대에서 내려온 나는
예측 가능한 일이 아니고,
할 수 있는 것이 하나도 없다는 현실 앞에서

내 안의 불안을
하나씩 하나씩 문장으로 옮겨 냈다.

아니, 문장으로 옮기는 패턴을
구축해 나갔다.

다른 사람이 보기에는
이해되지 않고,
그럴 필요가 없어 보이는 일이었지만

나에게는
그 시간이 가장 나다운,
가장 자연스러운 모습이었다.

감정을 문장으로 해체하고
문장을 단어로 분리한 다음,

분리한 단어를 가지고
다시 문장으로 재조립해 나가는 모습.

돌이켜 생각해 보면
그것은 내가 할 수 있는,
유일한 생존 방식이었다.

감정은 구조를 지니고 있다.
실체가 없는 막연한 것처럼 보이지만,
실상은 실제적이고, 현실적이다.

어떤 자극이 들어오면,
자극은 감정을 불러오고
감정은 생각으로 이어지며,
생각은 행동을 유도한다.

그래서

마음을 흔들어 놓는 상황이 벌어지면,

정확히 인지하기도 전에

어떤 감정이 생겨나고,

그 감정을 해석해

감정과 결합한 행동을 하게 된다.

이처럼

구조적 절차에 의해

치밀하게 이루어진 결과를 가지고

단번에, 혹은 한꺼번에 해결하려고 하니

어려울 수밖에 없다.

그래서 나는 주변에 이야기한다.

감정을 잘 다루고 싶다면,

하나의 덩어리로 다룰 게 아니라

자잘하게 나누어 구분할 필요가 있다고.

특히 요즘처럼
불안 요소가 복합적으로 존재한다면
더 그래야 한다고.

앞으로 우리가 살아갈 AI 시대는
예측 가능한 것과
예측 불가능한 것이
공존할 확률이 점점 더 높다.
그만큼 불안을 느낄 요소가 많아진다.

그러므로 지금부터라도
감정을 잘 다루는 연습이 필요하다.

감정이 어떤 구조를 지니고 있는지
특히 불안과 같은 부정적인 감정을
잘 다루는 방법에 대한
훈련이 필요하다.

감정 기록 습관을 위한 세 가지 질문

지금부터 소개하는 세 가지 질문은

새벽 시간, 기록을 통해

나의 감정을 다루기 위해 던졌던 질문이다.

아주 단순한 질문이지만,

감정을 다루는

강력한 훈련 도구라고 생각한다.

감정 기록의 힘을 키우고 싶다면,

감정 기록을 통해

나의 감정을
잘 다루는 사람이 되고 싶다면,
기록을 통해
내면이 단단해지는 경험을 해 보면 좋겠다.

첫 번째 질문,
'지금 나를 힘들게 하는 것은 무엇인가?'

보통 무엇이 시작점인지
알지 못한 채,
감정에 휘둘릴 때가 많다.

불안이든, 두려움이든
무엇이 이 상황을 일으켰는지
찾아서 기록해 보자.

시작점을 찾는 것만으로도
감정의 크기는 절반으로 줄어든다.

두 번째 질문,
'지금 내가 느끼는 감정의 실체는 무엇인가?'

실체를 알아차리고 나면
더는 어렵게 느껴지지 않는다.

지금 느끼고 있는 감정의 실체를
단어로 표현해 보자.

감정이 단어가 되는 순간,
구조화 작업은 이미 시작되었다.

고백하자면,
나의 기록에서
가장 많이 발견된 단어는
열등감,
섭섭함,
두려움이었다.

세 번째 질문,
'지금 어떤 생각을 하고 있는가?'

여기서부터는
떠오르는 대로
마구 쓰는 것이 중요하다.

평가나 판단, 혹은
정확한 의미 부여와 해석은 필요 없다.
그저 떠오르는 생각을 가볍게 옮기면 된다.

걱정하고,
염려하고,
두려워하고 있음을
그대로 문장으로 옮기면 된다.

문장으로만 옮겨 놓기만 해도
막연한 느낌이 줄어들 것이다.

기억하자.
생각으로 표현하는 과정은
문제를 해결하거나
감정을 정당화하려는 게 아니다.

그저 지금의 감정을
어떻게 바라보고 있는지,
어떻게 해석하고 있는지
확인해 보려는 절차다.

다른 감정은 몰라도
특히 불안과 두려움은
이렇게 구조화 작업을 거치고 나면
마음이 한결 평온해질 것이다.

처음부터 불안이나 두려움을
없애겠다는 것이 목표라면
이룰 수 없는 성과였다.

그저 불안이나 두려움이
더는
나를 삼키지 않기를 바랐을 뿐이다.

나는 지금도 불안이나 두려움이
가끔 인기척을 내며 다가오는 소리가 들리면,
서둘러 문장으로 옮긴다.

단어 하나,
문장 하나.

단어 하나,
문장 하나.

단 한 줄이라도,
감정을 해체하는 기록을 통해
조금이라도 다른 시간을
살아가기 위해 노력한다.

감정 기록의 힘

언제부터인가
예상하지 못한 감정 하나가
약간의 틈을 비집고 들어와
평온했던 하루를
완벽하게 흔들어 놓으면
가장 먼저 질문을 던진다.

'지금 왜 이런 감정을 느끼고 있지?'

복잡한 감정을

조금이라도 빨리 해결하면 좋겠지만,
지금의 감정이
어디에서 시작했는지 찾으려고 애쓴다.

물론 이때 대상의 범위는 넓지 않다.
다른 사람이나 무언가가 아니라
나 자신이다.

나에게 일어난 모든 일은
내 안쪽에 있는 어떤 것과의
인과 관계 속에서 탄생했다고 생각하기 때문이다.

누군가의 칭찬이나 고마움을
온전하게 받아들이지 못하는 날이 그랬고,
어떤 상황에서
갑자기 열등감이 밀려올 때도 비슷했다.
억울한 마음에
원망할 대상을 찾던 날도 다르지 않았다.

그런 상황이 벌어지면
불편하고 막막한 기분이 들지만,
의외로 해결 방법은 간단하다.

가장 안쪽의 지하실 문을
조용히 열고 안으로 들어가면 된다.

오래전에 묻어 둔 감정의 조각과
애써 들춰보지 않으려고 했던
기억의 파편이
숨소리조차 내지 않는 그곳으로.

오래전의 나는
지하실로 내려가는 것을
두려워했다.

그곳에서 만나게 될
감정의 뿌리가 두려웠다.

뿌리를 확인하는 순간
이를 감당하기보다는
도리어 잠식당할 것 같았기 때문이다.

하지만 지금은
그곳으로 내려가는 일을
예전만큼 두려워하지 않는다.

감정의 뿌리를
확인하는 과정이
조금 불편한 것은 사실이지만,
이후에 찾아오는
해방감, 선명함을
알게 되었기 때문이다.

그렇게 지하실을
한 바퀴 돌고 난 후,
나는 책상 앞에 앉아 기록했다.

그곳에서
발견한 것에 관해
어떤 감정을 느꼈으며,
그 감정이 어떤 기억과
연결되어 있는지를.

지금 집중해야 할 것은 무엇이며,
놓아주어야 할 것은 무엇인지를.

그렇게 한참 동안
기록을 쌓아 가다 보면
나를 찾아든 정체 모를 감정 하나가
어느새 나를 설명하는 언어가 되었다.

감정을
하나의 사건이나 상황에서 그치지 않고
분석하고 재해석하는 과정을 거치면
이전과는 다른 새로운 의미가 만들어진다.

그래서 감정을 분석하기 위해
가장 먼저 할 일은
질문하는 것이다.

'지금 왜 이런 감정을 느끼고 있지?'

나는 질문하는 사람이 되어
지하실 문을 열었고
끝내 읽어 내는 사람이 되기 위해
기록했다.

그러면 깨달았다.

어떤 감정은
오래전의 상처와 닿아 있고,

어떤 감정은
오래도록 원했던 욕구와 연결되어 있음을.

또 다른 어떤 감정은
그 순간에 생겨난 것이 아니라,
잊으려고 노력한 기억을 끌어내는
방아쇠였다는 것을.

질문을 통해
감정의 실마리를 찾으면 좋겠다.

감정을 억누를 게 아니라
질문하고,
끝내 읽어 내면 좋겠다.

감정을 읽어 내는 다섯 가지 질문

감정을 읽어 내는,
가장 효과적인 방법은
감정의 움직임,
그러니까 감정의 변화를
질문을 통해
문장으로 그대로 옮기는 것이다.

다음의 다섯 가지 질문과
그 질문의 대답을 통해
끝내 감정을 읽어 내는 사람이 되기를 희망해 본다.

첫 번째 질문,
'지금 왜 이런 감정을 느끼고 있지?'

감정을 읽는 핵심 질문이다.

이 질문은
지하실 문을 여는 열쇠다.

예를 들어,
'비교당했다고 느꼈기 때문이다'라거나
'인정받지 못했다는 기분이 들어서다'라면
그대로 옮기면 된다.

두 번째 질문,
'이 감정은 언제부터 시작되었을까?'

시작점을 정확하게 파악하면
감정이 언제 생겨났는지

혹은 어떻게 시작되었는지
알 수 있다.

예를 들어,
‘문자 메시지를 확인하는 순간
마음이 흔들렸다’라거나,
‘그럴 줄 알았다는 말을 듣는 순간
불쾌한 감정이 올라왔다’라면,
그대로 옮기면 된다.

세 번째 질문,
‘이 감정과 연결된 기억에는 무엇이 있을까?’

현재의 감정은
과거의 기억과 닿은 경우가 많다.

유사한 장면을 마주하면
의식하지 못하는 사이에

과거의 감정이 먼저 고개를 내민다.

예를 들어,
'어릴 때 집에서 자주 들었던 얘기다'라거나,
'예전의 직장에서 상사에게 받았던 평가와 비슷한 느낌
을 받았다'라면,
그대로 옮기면 된다.

네 번째 질문,
'그때 나는 어떻게 행동했더라?'

그때 그 감정이 나의 행동에
어떤 영향을 끼쳤는지 알아보려는 질문이다.

감정은
나비 효과처럼
감정 문제로 그치지 않고
행동에 영향을 미친다.

감정이 나의 행동에
어떤 영향을 주었는지
흐름을 정리해 보면
감정의 영향 범위를 파악할 수 있다.

예를 들어
'고개를 돌렸다'라거나,
'몸이 얼어붙어 아무 말도 못 했다'라거나,
'이후로는 문자 메시지를 읽지 않았다'였다면
그대로 옮겨 쓰면 된다.

다섯 번째 질문,
'지금 나에게 필요한 것은 무엇일까?'

감정 분석의 마지막 단계로,
가장 중요한 지점이다.

지금의 감정이

내게 요구하는 것이 무엇인지
읽어 내는 순간이기 때문이다.

예를 들어,
'휴식을 취하고 싶다'라거나,
'거리를 두고 싶다'라면
그대로 옮겨 쓰면 된다.

간단하지만
이런 다섯 가지 질문과 답을
눈앞에 펼쳐놓기만 해도
감정을 잘 다루는 것은 물론,
상황을 살피고
이후의 행동을 잘 선택할 수 있다.

차근차근 기록하다 보면
통제 불가능하지도 않고,
막연하게 느껴지지도 않는다.

그리고 알게 된다.

감정과 기억이
어떻게 상호작용하는지.

그 상호작용이 지금의 나에게
어떤 의미를 만들어 내는지,
그 의미가 내 삶에
어떤 영향력을 발휘하는지.

나는 지금도
익숙하지 않은 감정이
불쑥 내 하루에 파고들면
잠시 멈추고 질문을 던진다.

질문과 동시에
지하실의 문을 열고,
여행을 끝낸 후,

기록이라는 계단을 통해
내가 서 있어야 할 자리로 돌아온다.

마치 아무 일도 없었던 것처럼.

감정 기록의 최종 목적지

오래전부터
나는 '다정함'이라는 단어에
관심이 많았다.

다정함은
사람을 부드럽게 감싸는 힘이 있고,
그 모습을 누군가에게서
발견할 때면
내 마음도 함께 밝아지는 기분이다.

그래서 나는
다정함에 가까이 가고 싶었다.

'다정함'을 타고난 사람도 있지만,
선택과 행동을 통해
만들어질 수 있다는 것을
알게 된 이후부터는
더 의식적으로 노력했다.

'다정한 사람이 되고 싶다'라는
방향성은 지금도 유효하다.

그리고 그 방향성을 지키기 위해
내가 적극적으로 활용하는 것이
'기록'이다.

그 과정에서 '창직'도 했다.

기록디자이너

기록은
내 삶의 톤과 분위기, 바탕 화면을 바꾸었다.

감정을 기록하면서
감정이 가리키는 방향을
정확하게 읽을 수 있게 되었고,
그 덕분에
어떤 선택과 어떤 행동을 해야 하는지,
어떤 사람들과 함께해야 하는지를
배울 수 있었다.

나는 오늘도
문장이 가리키는 방향으로
시선을 유지하기 위해,
단 한 줄의 문장이라도
기억하며 행동하기 위해

노력하고 애쓴다.

이러한 노력이

그날 하루, 내 주변의 공기를

완전히 바꿔 준다는 것을 알기에.

기록은 시선을 바꾸는 일이다.

가만히 생각해 보면

일상에서 우리가 내리는 선택,

나아가 행동은

'어떻게 바라보느냐'에 의해 결정된다.

똑같은 상황이라 해도

어떻게 바라보느냐,

어디에 머무르냐에 따라

해석도, 의미도, 행동도 달라진다.

사람은

의식하지도 못하는 사이에

상황을 평가하려는 습성이 있다.
상황을 관찰하거나
이해하려는 모습보다
옳고 그름,
혹은 잘한 것과
그렇지 않은 것을 구분하고
평가하는 경향이 있다.

그런데 '기록'이라는 훈련을 반복하면
성공과 실패로 나누고,
그것에 대해 평가하려는 모습에서
벗어날 수 있다.

왜냐하면 기록을 시작하면
자연스럽게 '관찰자'가 되기 때문이다.

'관찰하는 시선'이 생겨나면,
이전에는 보이지 않았던

맥락이 보이고,

마음이 보이고,

이야기의 흐름이 보인다.

그러니 지금부터라도

복잡한 감정이 뒤엉켰을 때,

혹은 일과를 마쳤을 때,

하루에 한 문장만이라도 기록하는 훈련을 해 보자.

하루나 상황을 판단하는 대신

내가 관찰한 것을 문장으로 옮겨 보자.

더불어 그 안에서

내가 다르게 볼 부분이 있는지 찾아보자.

그렇게 연습을 반복하면

시선이 바뀌는 것은 물론,

삶의 톤, 분위기가 바뀔 것이다.

하루 한 줄의 기록

감정지능은

감정이 어디에서 시작되었고,

어디를 향하는지 읽어 내는 능력이다.

감정지능은

감정의 객관화 작업을 통해

정확한 표현을 이끌어 내는 능력이다.

하루 한 줄의 기록은

이러한 감정지능을 키우는 데 도움이 된다.

문장을 통해
이름을 얻게 되면,
감정은 더 이상 추상적이지 않다.
구체적이고 현실적인 방향을 얻게 된다.

현실성이 부여되는 순간,
의식적인 선택과 행동이 가능해진다.

새로운 기준으로 받아들일 것인지,
이해의 확장으로 받아들일 것인지
스스로 구분할 수 있게 된다.

그러니까
감정에 대해 '반응'하는 게 아니라
'대응'할 수 있게 된다.

나는 단 한 줄이라도
기록하겠다는 습관 덕분에

감정에 대응하는 방법은 물론
나만의 기준을 몇 가지 정리할 수 있었다.

평가하기를 멈추면
감정의 방향이 바뀐다.

겉으로 드러난 모습이 아니라
그 안의 마음을 봐야 한다.

말이 아니라
표정을 느껴야 한다.

단 한 줄이라도 기록하는 습관을
만들어 보면 좋겠다.

지금까지와 완전히 다른 삶을 살겠다는
커다란 다짐보다
'시선을 조금만 바꿔 보겠다'라는 작은 결심으로.

단 한 줄이라도
그 문장이
나를, 나의 삶을
조금 더 밝은 쪽으로
이끌어 줄 거라는 작은 믿음으로.

완벽한 하루가 아니라
다정한 하루가 더 아름답다.

조금 이기적인 생각

"정말 이해할 수가 없네."
"어떻게 그럴 수 있지?"
"진짜, 진짜 서운해."

마음이 크게 흔들린 날,
정리되지 않은
복잡한 여러 층위의 감정이
평온함을 잠식한 날,
그런 날의 첫 문장은
대개 비슷한 얼굴이다.

조금도 다듬어지지 않은,
날것의 문장은
말 그대로
종이 위에 쏟아진
감정 그 자체다.

훗날 시간이 지나서
다시 읽어도
그 순간의 뜨거움, 열기, 슬픔이
고스란히 느껴질 정도다.

솔직히 그런 날의 기록은
감정 대응이 아니라,
반응이자 보관에 가깝다.

상황을 정확하게 정리하거나
이해하고 싶은 생각은
어디에서도 찾아보기 어렵다.

그저
내 몸속을 휘젓고 다니는
감정의 소용돌이가
사방으로 흩어지지 않도록,
붙잡아 둘 뿐이다.

그래서 고백한다.

흔들리는 날의 기록은
객관적이거나
이성적일 필요가 없다.

사실을 정확하게 인지하는 것보다
내 감정을 구하는 것이 먼저다.

그런 날의
기록은
조금 이기적이어도 괜찮다.

만약 마음이 흔들려
어느 것에도 집중할 수 없다면,
감정이 무너져 내려앉았다면,
종이를 펼쳐
날 것의 느낌을 그대로 옮겨 보자.

아주 마음껏.
조금 이기적이어도 괜찮다.

사건이나 상황을
정확하게 인지하기 전에
감정이 마구 밀려올 때
그대로 무방비로 내버려두면,
예상하지 못한 방향으로 일이 번지거나
후폭풍을 피하지 못한다.

감정이 흔들릴 때의 기록은
생각을 정리하거나

자기 치유의 도구가 아니라,
일시적으로 운영되는
'임시 보호소'가 되어야 한다.

감정을 진정시키기보다는
감정이 나를 집어삼키지 않도록 도와주는
소통 창구가 되어야 한다.
흔들릴 때는
'내 감정이 기준'이 되어도 무방하다.

아주 가끔
오래전 내가 흔들렸던 날의 기록을
다시 만날 때가 있는데,
그때마다 두 가지 마음이 교차한다.

부끄럽고,
고맙다.

철저하게, 조금 이기적인 기록 덕분에
조금 덜 힘들게,
조금 덜 상처 주면서
그 시간을 통과할 수 있었다.
그러면서 새삼 확인했다.

기록하는 사람은
흔들릴 수는 있지만,
결국 돌아가야 할 곳으로
돌아간다는 것을.

관계

회복의 실마리

관계에도 흐름이 있다

살다 보면 인간관계는
늘 어딘가에서 조금 어긋나고,
또다시 맞춰지고,
그러다 어느 지점에서
조금씩 흔들린다.

명확하게 겉으로 드러나지 않지만
이상하게도 한 번 느껴지기 시작하면
잔잔한 파도의 흐름처럼
온몸이 반응을 보인다.

남편과의 관계도 다르지 않다.
여느 부부처럼
우리도 가끔 다툰다.

크게 흔들린 적도 있고,
그러다가 또다시 맞춰진다.

자동차 문제로
작은 갈등이 생긴 날이었다.
자동차 경고등이 몇 개 켜진 상태로
한 달을 넘기고 있었다.

혼자 알아서 할 수도 있지만,
남편에게 맡겨 둔 터라
곧 해결하겠지 생각하며 시간을 보내고 있었다.

하지만 별다른 얘기가 없길래
무심하게 한마디 툭 던졌다.

"내 성격이었으면, 벌써 어떻게든 해결했을 거야."

최대한 감정적이지 않게,
꽤나 심플하게 전달했다고 생각했는데
남편은 내 말에 서운함을 드러냈다.

"그렇게 보일 수 있지만,
나도 여러 방향으로 알아보는 중이었어."

그때 발견했다.

남편의 대답 속에 숨겨진
억울함이라는 감정을.

이해와 오해는
한 끗 차이라고 얘기한다.

오해는 어디에서 시작되는 걸까.

늘 궁금해하는 부분인데,
그날 약간의 실마리를
하나 발견한 느낌이었다.

서로를 향한 진짜 감정이
정확하게 전달되지 않고,
약간 어긋난 방향으로 흘러가면서
어정쩡하게 마무리된 것이
오해의 불씨가 된 것 같았다.

그날 저녁,
나는 책상 앞에 앉아
감정을 기록했다.

남편과
나의 이야기를 복기하면서,
우리가 관계를
어떻게 이어 나가고 있는지,

어떤 흐름을 가졌는지
살펴보았다.

그날의 맨 마지막 문장은 이랬다.

나는 조금 서운했고,
남편은 조금 억울했다.

우리는
서운함을 표현하는 과정이 다르고,
마음이 급해지는 순간이 다르고,
의도를 읽어 내는 방식도 다르다.

다르다는 차이를 놓치는 순간,
갈등은 생겨난다.

똑같은 의도를 담았다고 해도
말의 높낮이에 따라

표정의 무게에 따라
침묵의 온도에 따라
상대에게 닿는 의미가
달라질 수 있다.

그러니까 표현 방식에 따라
의도와 의미가 다르게 전달될 가능성이
항상 존재한다.

예를 들면,
누군가는 상황을 설명한다고 여기지만
상대는 지적당하고 있다고 받아들일 수 있다.

위로하고 있다고 믿지만
상대는 동정으로 느낄 수 있다.

그러므로 그 사람의 말이 아니라
말하기 직전의 표정이나

침묵, 고개의 움직임 변화도
함께 읽어 내야 한다.

내가 기록하는 습관을 통해 얻은
또 하나의 능력이 있다면,
이런 부분에서 '읽어 내는 능력'이 생겼다는 것이다.

나의 감정,
상대의 감정.

나의 말,
상대의 말.

나의 마음,
상대의 마음.

나의 움직임.
상대방의 움직임 흔적을

문장으로 옮기다 보니,

왜 그렇게 말하고

왜 그렇게 반응했는지

조금 더 느껴지고

조금 더 알 수 있게 되었다.

관계 회복을 위한 기록 습관

관계는 예측할 수 없지만
그래도 일정한
결, 흐름, 방향이 있다.

오해가 반복되는 이유는
결을 보지 못하기 때문이다.

말이 닿지 않는 이유도,
가슴이 먼저 무너지는 이유도,
흐름이나 방향을 알아차리지 못하기 때문이다.

관계는
결이나 흐름, 방향이 달라지면
함께 달라진다.

기록은
그러한 결, 흐름, 방향을
확인할 수 있도록 도와준다.

관계의 패턴을 알아차려
관계를 부드럽게 회복하고 싶다면,
감정의 결을 읽어
상대방의 마음을 보고 싶다면,
다음의 세 가지를 기록해 보자.

첫 번째, '말의 결' 기록하기.

하루 동안 주고받은 말 중에
나를 가장 흔들었던 (긍정적이든, 부정적이든)

단어, 말투, 표현을 기록해 보자.

"역시 너라면 해낼 줄 알았어!"
"별일 아니잖아?"
"농담이라고 하잖아?"

나를 흔들었던 말과 함께
그 말을 듣고 난 후의
분위기, 느낌을 적어 보자.

어떤 결을 이루는 관계인지
가늠해 보는 기회가 될 것이다.

두 번째, '마음의 흐름' 기록하기.

순간적이지만
마음이 어떤 방향으로 흘러갔는지
감정으로 정리해 보자.

“기대감이 느껴졌어.”
“억울한 감정이 먼저 올라왔어.”
“예전에도 비슷한 적이 있어. 그때도 불편했어.”

감정은 정직하다.

마음이 인정한 감정은
관계의 중심축을 이룬다.

이 관계에서 내가
진정으로 원하는 것이 무엇인지
확인하는 순간이 될 것이다.

세 번째, ‘관계의 방향’ 기록하기.

감정도 구조를 가진다.
비슷한 감정을 반복하면
패턴이 된다.

그러니까 패턴이 보이고,
감정의 구조를 알게 되면,

갈등을 예측할 수 있고
예측은 관계의 흐름에 도움을 준다.

"약간 방어적인 분위기가 만들어졌어."
"서운함을 얘기하면 늘 차분하게 들어줬어."
"이런 식으로 흘러가면…."

어느 방향으로 집중해야
관계가 회복될 수 있는지
기준점이 생길 것이다.

내가 쓴 책이
나에게 위로를 줄 거라고
생각하지 못했다.

『기록을 디자인하다』를 완성하면서
예상하지 못한 경험을 했다.

그 책의 독자는
명확하게
'20대'였다.

앞이 잘 보이지 않는 시기를 통과하는,
청춘들에게 보내는 응원의 메시지였다.

그런데 아이러니하게도
그 작품을 마무리하는 동안
가장 큰 위로를 받은 사람은
오히려 '나'였다.

오래전 나의 청춘 시절의 메모가
책의 중심 소재였는데,

그 시절의 기록을 다시 펼쳐보는 동안
'과거의 나'를
처음 만나는 사람처럼
낯선 마음으로 바라보는 기회가 생겼다.

원망.
서운함.

아쉬움.

답답함.

오해.

억울함.

두려움.

그때의 나를 이루는
핵심 감정이었다.

그 감정을 세상의 중심처럼 여겼고
모든 사건을 철저하게
'나를 중심으로' 해석하고 있었다.

부모님에게 느꼈던 서운함.
주변 사람들에 대한 단단한 오해.

나에게 품었던 과한 기대와
그만큼의 실망감.

천천히 복기하듯
흔적을 되짚어 보면서
알게 되었다.

맥락을 읽지 못한
주관적이고 개인적인 해석이
많았다는 것을.
더불어 조금이라도
다른 시간을 살아 내기 위한
나만의 몸부림이었다는 것을.

똑같은 문장이지만
마음의 위치, 상태가 달라지면,
재해석이 시작되면,
스토리가 완전히 달라진다.

바로 그 재해석의 출발점이
'기록'이다.

상처는 '사건'이 아니다.
상처는 그 사건을 바라보는
'나의 해석'이다.

기억을 더듬어 보면
사건은 변하지 않았는데

그 사건을 바라보는 '나의 마음'은
수시로, 때로는 끝없이 변했다.

새로운 계절에 다시 읽으면
전혀 다른 얼굴일 때가 많다.

감정 노트는
바로 이런 변화가 생겨나는 공간이다.

감정 노트는 사실을 왜곡하거나
합리화 또는 정당화하지 않는다.

그저 이런 질문을 마주할 뿐이다.

‘그때, 나는 왜 그렇게 느꼈을까?’

그리고 연이어
또 다른 질문 하나가
불쑥 고개를 내민다.

‘지금은 어떻게 느껴져?’
‘왜 지금은 다르게 느껴질까?’

질문 사이를 천천히 오가며
감정 노트를 새롭게 채우다 보면
아주 중요한 사실을 깨닫게 된다.

상처는
나를 흔드는 방해꾼이 아니라
나를 이해하는 단서가 된다는 것을.

기록은

과거의 흔적이 아니라

나만의 역사라는 것을.

감정 노트 활용하는 법

상처를 재해석하는 감정 노트는
사실 특별한 게 없다.

특별한 게 없다는 점이
더 매력적인 것도 사실이다.

그저 있는 대로 기록하고,
시간이 흐른 뒤 다시 읽고
새로운 해석을
시도해 보면 된다.

첫 번째, 과거의 기록을 펼쳐 보자.

예전에 적어 두었던 기록이나
일기장, 메모를 열어 보자.

그런 다음 그 시절에 대한
감정을 확인해 보자.

'나는 외로웠다.'
'이해받지 못했다는 느낌이 들었다.'

재해석의 출발은
당시의 감정을
정확하게 인정하는 데서
출발한다.

두 번째, 과거의 기록을 지금의 시선으로
다시 읽어 보자.

그날의 기록을
천천히 다시 읽어 보면 된다.

그러면서 자연스럽게
이런 질문을
스스로 던져 보면 된다.

'내가 원했던 것은 무엇이었을까?'
'그때 내가 미처 보지 못한 것은 무엇일까?'
'지금이라면 이 감정을 어떻게 표현할까?'

여기에서 가장 중요한 것은
자신이 어떤 방향에서
무엇에 집중했는지를 발견하는 것이다.

한계라면 한계,
가능성이라면 가능성의 기회가
될 것이다.

세 번째, 지금의 언어로 다시 재정의하기.

과거의 기록에서
상처라고 여겨졌던 문장,

마음이 아팠던 문장을
지금의 시선과 관점으로
다시 기록해 보자.

예를 들면,
'외로웠다'를
'나만 혼자라고 믿었다'라고
지금의 시선으로
새롭게 정의해 보는 것이다.

이렇게 새로운 문장을
완성한 사람은
그때와 다른 사람이다.

다른 경험을 하고
다른 감정의 결을 알고
다른 언어로
세상을 설명할 줄 아는 사람이다.

과거의 나를
꾸짖지도, 칭찬하지도 않으면서
새로운 기록을 통해
과거의 감정과
현재의 감정을 이어 주면
상처는 다른 얼굴을 가지게 된다.

나에게 조금 더 다정해지고
조금 더 단단한 사람이 되고 싶다면,
감정 노트를 기록해 보자.

상처를 붙들어 두는 기록이 아니라
상처를 다시 읽게 하는 기록.

감정 노트를 통해

지나온 삶조차

새로운 의미를 가질 수 있도록

도와주자.

기록은 공명이다

오래전의 일이다.
『오늘, 또 한 걸음』을
처음 세상에 내보내고
얼마 지나지 않았을 때였다.

그 시절 나는
작가라는 이름을
스스로 부끄러워했고,
책을 홍보해야 한다는
인식도 부족한 사람이었다.

나의 삶과
'작가'라는 이름의
연결고리도 보이지 않았다.

그런 어느 날,
낯선 사람에게서 메일이 도착했다.

모임에서 누군가가
내 책을 소개해 주었다고 했다.

그 자리에서
"오늘은 걸음으로 기억하겠지만,
내일은 길로 기억될 것입니다"라는 문장을 읽고
큰 울림을 받았다고 했다.

집으로 돌아오는 길 내내
그 문장이
머릿속에서 떠나지 않았고,

그때의 감정을
조금이라도 전하고 싶어
이렇게 메일을 쓰게 되었다고
고백하듯이 마음을 전했다.

하지만
위로와 용기를
함께 느꼈다는
그 메일을 읽는 순간,
누구보다 나 스스로
굉장한 위로와 용기를 얻었음을
고백한다.

그 메일은 나에게
가능성을 열어 주었다.

'나의 글이 우리의 글이 될 수 있지 않을까?'

나는 오랫동안
기록은 개인적인 행위,
나를 위한 것이라고만 생각했다.

나의 마음을 다잡고,
나의 감정을 정리하고,
나의 하루를 지키기 위함이었다.

하지만
어느 정도 시간이 흐르면서
또 다른 사실을 깨닫게 되었다.

진심이 담긴 기록은
누군가에게 닿는다.

혼자 쓴 기록이지만
거기에서 멈추지 않고

누군가와 운명처럼 만나
생명을 부여받는다.

기록은 공명이다.

개인적인 행위지만
사회적인 행위이며,
내 안에서 시작하지만
우리 안에서 완성된다.

이것이
기록이 지금까지 오랜 세월 동안
유지된 이유라고 생각한다.

쓰다 보면 알게 되는 것

처음 기록을 시작했을 때,

그 중심에는

늘 '사람'이 있었다.

나와 가까운 사람들.

내 곁에서

하루를 함께 살아가는

가족, 친구들이

무의식적으로

나의 글에서 첫 번째 주인공이 되었다.

나는 인간관계를
지나치게 두려워하는 사람도 아니고,
사람 만나는 일에
큰 부담을 느끼는 성향도 아니다.

그렇지만
마음속에는 일정한 결이 있었다.
'왜?'를 붙드는 사람이라는 점이다.

왜 그렇게 말을 했을까?
왜 이런 행동을 보였을까?
왜 지금 저런 표정이 나올까?

그 '왜'를 두고
혼자 오래 붙들고 살았다.

누구에게 묻거나 확인하지 않고
그저 조용히 관찰하기를 즐기면서.

인과 관계가 궁금하기도 했지만,
무엇보다 내 마음의 질문을
조금이라도
정리하고 싶다는 생각이 컸다.

하지만
관찰만으로 해결되지 않는 순간도 많았다.

복잡한 감정 앞에서
헷갈리기도 했고,
불편한 느낌이
쉽게 가라앉지 않은 날도 있었다.

그런 날이면
어김없이 기록을 펼쳤다.

'왜 그런 행동을 했을까?'
'왜 그런 표정을 지었을까?'

습관인지, 루틴인지,
'쓰다 보면 뭐라도 정리되겠지'라는 마음이
항상 나를 책상으로 이끌었다.

그리고 정말 희한하게도,
쓰다 보면
대단한 해결책이 나오지는 않지만
궁금증의 실마리를
발견할 수 있었다.

부모님은
나의 첫 번째
감정 기록의 대상이었다.

정확하게 표현하면,
기록을 통해
관계를 다시 배우기 시작한
첫 번째 대상이다.

부모님에 대한 감정은 복합적이었다.

사랑과 서운함,
감사와 미묘한 거리감,
이해와 오해가 뒤섞여 있었다.

이유를 명확히 설명하기 어려운
불편함도 있었다.

어떤 말은
수십 년이 흐른 지금까지
머릿속에서 떠나지 않았고
어떤 행동은
유난히 오래 남아 있었고,
묵직한 부담감으로 다가왔다.

그러한 말과 행동을 기록하면서
감정은 글이 되고,

글은 문장이 되었다.

그리고 그 문장은 어느 순간
부모님을 바라보는
나의 시선을 달라지게 했다.

부모님의 말 속에는
나를 향한 기대가
숨어 있었다는 것을.
그런 기대가 부담으로
다가왔던 시간이 많았다는 것을.

나아가 그러한 기대와 부담이
'사랑의 방향'이었다는 것을.

기록은 부모님을 바꾸지 않았다.
그저 부모님을 바라보는
나의 시선을 바꿔 놓았을 뿐이다.

그 덕분에

부정적인 시선으로 가득했던 관계가

이해할 수 있는 관계,

감사하는 관계가 되었다.

삼의

메시지를 기록하다

두 가지 기록

오랫동안
기록을 이어 오면서
내 삶에
두 가지 흐름이 있다는 것을
알게 되었다.

하나는 감정을 다루는
기록의 흐름.
다른 하나는 삶을 다루는
기록의 흐름.

어떻게 보면 완전히
서로 다른 방향에서 흘러오는
두 개의 강처럼 보이지만

시간이 쌓여
어느 지점을 통과하면서
하나로 합쳐져
내 삶이라는
바다로 흘러 들어갔다.

감정을 다루는 기록

감정을 다루는 기록은
'감정의 쓰레기통'이라고 부르는
작은 파일에서 시작되었다.

아주 오래전,
컴퓨터보다 노트가 더 익숙했던 시절부터

내 마음을
온전하게 받아주는 유일한 친구였다.

감정이 한꺼번에 부풀어 올라
숨이 막힐 것 같은 순간,
말로도 행동으로도
풀 수 없던 시간이 찾아올 때마다
나는 혼자만의 의식을 치렀다.

노트를 펼치고,
메모장을 열고,
파일 위에
끓어오르는 마음의 쇳물을
그대로 기록했다.

'기록하다'라는 표현보다
'쏟아 내다'라는 표현이
더 정확하다.

지금에 와서 생각해 보면
쏟아 내던 그 행위는
무너지지 않기 위한,
더 이상
추락하지 않기 위한
최후의 안전장치였다.

나는 다혈질에
감정이 이끄는 대로
행동했다가
낭패를 본 경험이 많았다.

어떻게든 감정을 다뤄야 했다.
그래서 찾아낸 방법이
'감정 기록'이었다.

도저히 삼켜지지 않는 말들,
머릿속에서 떠나지 않는 얘기를

걱정 없이,
자유롭게 표현할 수 있어서 좋았다.

그렇게 한참을 쓰다 보면
마음의 온도가 내려갔다.

하루 전체를 망치지 않았다는
안도감이 나를 감싸 주었다.

더불어
나에게 감정의 패턴이 있다는 것도,
일련의 의식을 치르고 나면
평온함이 기다린다는 것도
배우게 되었다.

즉각적으로 반응하지 않는 힘,
감정과 행동 사이에
어느 정도 간격을 만들어 내는 힘.

그 힘을
기록을 통해 배웠다.

삶을 다루는 기록

또 다른 기록의 흐름은
다이어리에서 시작되었다.

나에게 다이어리는
단순히 일정을 관리하거나
일을 잘하기 위한 성과표가 아니다.

어떻게 살아왔는지,
지금 어떻게 살아가고 있는지,
앞으로 어떻게 살아가고 싶은지가
모두 담긴
나만의 인생 지도다.

어제의 다이어리에는
내가 어떤 선택을 했는지가 담겨 있다.

오늘의 다이어리에는
내가
무엇을 소중하게 다루는지가 담겨 있다.

내일의 다이어리는
내가 어떤 사람으로 살고 싶은지를
방향을 확인하는 청사진이다.

그래서
다이어리를 들여다보면
'나'라는 사람이 보이고,
'내 삶의 패턴'이 보인다.

더불어
일상을 어떻게 지탱하는지가 보인다.

감정이 몰려올 때,
충동적으로 밀쳐 버리거나
한꺼번에 일을 해치우는 버릇도
그 과정에서 자연스럽게 사라졌다.

다이어리는
아주 차분하면서도
단단한 방식으로
나의 감정과 행동에
개입했다.

그 덕분에
가고 싶은 곳을 향해
포기하지 않고
한 걸음, 한 걸음 내딛게 되었다.

우리는 삶을 바꾸고 싶을 때
대개 큰 결심을 떠올린다.

더 성숙해지고,
더 강인해지고,
더 부드러운 마음을 통해
커다란 변화를 꿈꾼다.

하지만
삶을 바꾸는 것은
거대한 결심이 아니라
이런 작은 패턴의 반복이다.

매일의 기록이
매일의 행동을 만들고
그 행동의 반복이
삶의 전체 패턴을 만든다.

감정 기록처럼
감정을 다루는 사람은
감정에 휘둘리지 않는다.

감정의 흐름을
스스로 조절할 수 있다.

다이어리 기록처럼
오늘을 기록하는 패턴은
행동을 흐트러뜨리지 않는 기준을 만든다.

무엇을 먼저 해야 하는지,
어떻게 해야 하는지,
방향을 잡을 수 있다.

나는 감정을 기록하면서
감정의 방향을 잡았고,
다이어리를 기록하면서
내 삶의 형태를 만들었다.

이 두 갈래의 기록,
그들의 조화가 만들어 낸

나만의 패턴은

내 삶 전체를 이끄는 하나의 흐름이자

나를 이루는 결이 되었다.

나에게 기록은

단순한 습관이 아니다.

지금껏 내가 살아온 방식이고,

앞으로 어떻게 살아가야 하는지를 알려 주는

가장 다정한 길잡이별이다.

감정은 '변수'가 아닌 '상수'

『시간 관리 시크릿』을
출간하고 난 뒤,
주변에서 자주 들었던 말이 있다.

"많은 일을 하는데도
늘 안정적으로 보이는 게 참 인상적이에요."

그러면서 그 비결을
대부분 '시간 관리'에서 찾았다.

실제로 시간 관리는
내 삶의 토대를 다지는 일에
큰 역할을 했다.

작가로서의 흐름을 지키고,
출판사를 운영하고,
가족과 관계의 온도를 유지하는 데
큰 도움이 되었다.

하지만 아무리 시간을
섬세하게 구조화해도,
'감정'이 무너지는 순간에는
아무 소용이 없었다.

번아웃이 오면
일정표를 보는 것조차 버겁고,
의욕이 사라지면
스마트한 타임 블록은 의미를 잃어버렸다.

감정의 바닥을 찍은 날에는
생산성은 커녕
'버티는 일'이 그날의 전부였다.

무너지고,
다시 일어서는
무수한 시간이
나를 스쳐 갔다.

그러면서 나는
아주 분명한 사실 하나를 깨달았다.

시간을 잘 다루는 사람보다
감정을 잘 다루는 사람이
되어야 한다는 것을.

감정을 잘 다루는 사람이
일도 더 잘 해낸다는 것을.

그 깨달음은

이후 나의 시선을,

나의 삶을 완전히 바꿔 놓았다.

시간 이전에

나의 감정을 먼저 살폈고,

그 감정 위에

하루를 설계했다.

감정의 흐름이

선명하고 밝은 날에는

집중력을 발휘해

깊이감 있는 작업을 진행하고,

감정이 가라앉는 날에는

마음의 온도를

높일 수 있는 계획을 세웠다.

그러니까 나의 감정을

억누르지 않고

부정하지 않으면서

'함께 살아갈 방법'을 찾은 것이다.

이 과정에서

가장 강력한 중심축은

'기록'이었다.

기록을 통해

감정의 위치가 파악되면

자연스럽게 그날 해야 할 일의

강도와 방향이 정해졌기 때문이다.

시간보다

감정을 먼저 들여다보는 일,

아주 사소한 루틴이지만

생산성과 효율성의 숨은 출발점이었다.

감정지능은
보통 관계나 소통을 위한 기술로 설명된다.

하지만 조금 더 깊이 들여다보면
감정지능에는 철학적인 부분이 있다.

감정지능이 높은 사람은
회복탄력성도 좋다.

기술적인 문제가 아니라
시스템처럼 작동해
삶의 밀도를 바꾼다.

감정이 안정되면
판단은 명확해지고

감정이 균형을 이루면
자연스럽게 창의성도 발휘된다.

반대로
감정이 위축되면
일의 속도가 더딘 것은 물론,
감정이 과열되면
실수 빈도도 높아진다.

그래서
시간이라는 틀을 먼저 만든 다음
그 속에 감정을 억지로 밀어 넣으면,
자신도 모르는 사이에
무너질 수 있다.

반면, 감정을 살핀 다음
그 감정의 결을 반영한 타임 블록을 만들면
성공 확률이 높다.

그렇게 하면,
'버티는 과정'이 아니라

'다루는 과정'이 되기 때문이다.

감정은 눈에 보이지 않지만,
시간만으로 하루를 설계하는 사람과
감정을 살핀 다음
시간을 배치하는 사람은
나아가는 방향이 완전히 다르다.

감정지능을 활용한 시간 관리

주위를 봐도 그렇고,
성공적인 삶을 사는 사람들은
감정지능이 높다.

감정지능은
생산성과 효율성에도
긍정적인 영향력을 발휘하기 때문이다.

감정지능을 높이고 싶다면,
감정 관리를 통해

생산성과 효율성을 높이고 싶다면,
다음의 두 가지 루틴을 만들어 보자.

첫 번째, 감정 읽어 내기.

해야 할 일이나
'To do list'를 정리하는 것보다
지금의 '감정'을 알아차리는 것이 중요하다.

길지 않아도 된다.

두 문장,
두 단어도 좋다.

짧은 기록이나 메모를 통해
감정의 온도를 점검해 보자.
(기록하기 어렵다면 점검만이라도 해 보자)

예를 들어,
'피곤하다'
'열정적이다'
이렇게 기록하면서
스스로 질문해 보자.

'지금 이 감정은 어디에서 왔을까?'

아주 가벼운 질문이지만
어느 지점에서
하루를 설계해야 할지
방향이 보일 것이다.

두 번째, 감정 맞춤형 일정 배치하기.

에너지가 넘치는 날이라면
조금 강도 높은,
열정적인 에너지가 필요한 일을 배치하자.

예를 들면,

퇴고 작업,

대규모 자료 정리,

미팅이나 기획 회의 같은.

반대로

감정이 내려앉은 날,

그러니까 뭔가를 해야 하는데

무엇도 하고 싶지 않은 날에는

'버티기만 해도 성공'이라는 마음으로

최소한의 스케줄을 준비하자.

단순하고 반복적인 일.

체력 향상을 위한 루틴이나

마음 회복에 도움이 되는 일 같은.

이것도 저것도 아닌
무기력한 날이 찾아올 가능성이
존재한다는 것도 함께 기억하자.

특히 무기력감이 찾아왔을 때는
큰 결정을 하지 않도록 주의하자.

하루를 견디는 힘

어느 날이었다.
오랜만에 다이어리를 넘기다가
한 페이지에서 걸음을 멈췄다.

그 페이지에 있는
짧고 단정한 문장 하나.

오늘 나는 참 많이 흔들렸지만,
그래도 무너지지는 않았다.

그 문장을 읽는 순간,
설명하기 어려운 안도감과 함께
여러 가지 감정이 밀려왔다.

누구에게 보여 준 적도 없고,
누군가의 기준으로 평가된 적도 없는
주관적인 해석으로 가득한 문장이지만,
지금의 나를
가장 정확하게 설명하는 문장.

SNS에 올린 사진보다,
누군가에게 건넨 말보다
가장 '나다운' 흔적이었다.

지금껏 내가 쌓아 온 시간,
내가 견디며 지켜 온 마음이
고스란히 담겨 있었다.

기록은

늘 이런 방식으로

나를 지탱해 주고,

나를 증명해 준다.

AGI, ASI라는 말이

친숙하게 느껴질 시대가 오고 있다.

우리는 생각보다 더 많은 일을

기계와 함께 판단하고,

정리하고, 결정하게 될 것이다.

벌써 여러 방향에서

우리의 취향, 소비 패턴, 빅데이터가

알고리즘에 의해 자동으로 정리되고 있다.

플랫폼은 나보다 먼저

내가 클릭할 것,

내가 좋아할 것,

내가 머물 시간을 예측하고는

그곳에서 나를 기다릴 것이다.

하지만 이런 시대일수록

역설적으로 설명되지 않는 영역이 있다.

바로 '나는 왜 그런 감정을 느끼는가?'라는 세계다.

빅데이터는

나를 묘사할 수 있지만

지금 내가 느끼는 감정의 의미를

설명하기는 어려울 것이다.

AI는

나의 하루를 예측할 수는 있어도

내 감정의 깊이를 가늠하고

기록하기는 어려울 것이다.

아이가 건넨 짧은 말이
왜 그렇게 마음을 흔들었는지

남편의 작은 행동이
왜 그토록 오래 기억되는지

오래 묻어 둔 상처가
오늘 갑자기 왜 떠올랐는지

이유를 밝히는 일은 쉽지 않을 것이다.

왜냐하면
이 모든 것은
사건이나 상황이 아니라
예측과 분류의 대상이 아니라

감정의 결이고
관계의 흐름이기 때문이다.

"일부러 괜찮은 척, 하루를 견뎠다."

"아이 재우고 나니 하루가 텅 빈 느낌이 든다."

"한때는 빛나는 사람이었는데, 다시 돌아갈 수 있을까?"

"나라는 존재가 사라진 느낌이다."

"이렇게까지 해야 하는지 스스로 되묻게 된다."

"그럼에도 불구하고 나는 나를 지켜 냈다."

"내가 살아 있다는 느낌을 확인했다."

"SNS에는 내가 없지만, 다이어리에는 진짜 내가 있었다."

"내 자리를 찾은 느낌이었다."

글쓰기 강의 시간에
참가자들이 남긴 문장이다.

그들이 문장을 낭독하고
공유하는 모습을 지켜보면서
새삼 확인했다.

기록은
그저 문장의 나열에 불과한 것이 아니다.

기록은
하루를 견디는 힘이며,
흩어진 마음을 끌어모은 흔적이며,
진짜 나를 발견하는
고유하고 유일한 도구다.

감정 기록은 그냥 일기가 아니다.

나를 증명하고,
정체성을 밝히는 원리가
함께 작동한다.

감정을 기록하다 보면
반복되는 감정이
무엇인지 알게 된다.

무엇에 화를 내는 사람인지,
무엇에서 무너지는 사람인지,
무엇을 지킬 때
가장 행복한 사람인지.

기록은
우리 인간이 지닌
가장 고유한 기술이자,
가장 인간적인 방식이다.

더불어
문장으로 정리하는 과정은
삶의 정체성을 구축하는
기준이자 좌표가 된다.

"이것이 나란 사람이야!"

어쩌면 우리는

어느 것과도 대체할 수 없는

누구와도 바꿀 수 없는

저 문장 하나를 지켜 나가기 위해

이토록 긴 항해를 이어 가는지도 모른다.

사라지지 않는 사람

‘내 자리가
점점 줄어들고 있는 건 아닐까?’

나 역시 이런 감정에서
자유롭지 않았다.

출판사 업무와
개인 출간 작업,
외부 미팅과 개인적인 공부까지.
일의 능률을 높이기 위해

기계와 기술의 힘을 빌리다 보면
아주 가끔 이런 질문이 찾아든다.

'나라는 사람의 역할은 어디까지일까?'

오랜만에 모임에 참여했다.
반가운 표정으로 말을 주고받는데,
어떤 분이 내게 이렇게 말했다.

"무슨 일 있어요? 조금 힘들어 보여요."

그 말을 듣는데,
순간 '아차' 싶었다.

하루 종일
글자 그대로 '작동'만 하면서
감정은 챙기지 못했다는 것을,
자동화된 루틴 속에서

기계처럼 보냈다는 것을
확인하는 순간이었다.

기술은 정확하지만,
정확함이 관계를 따뜻하게 만들지는 못한다.

기술은 효율적이지만,
효율성이 삶의 의미를 밝혀 주지는 못한다.

인공지능 시대,
기계와 기술이 우리와 공존하는 시대일수록
감정지능을 키워야 한다.

감정 기록을 통해
삶의 의미를 재구성하고,
관계의 결을 읽어 내는 능력을 키워야 한다.

상황을 해결하는 것을 넘어

따뜻한 해석을 통해
삶을 버틸 수 있도록
서로가 서로를
위로할 수 있어야 한다.

우리는 알고 있다.

SNS에서 '좋아요'를 누르는 것보다
'항상 응원할게'라는 짧은 문장이
관계를 훨씬 단단하게 만들어 준다는 것을.

오늘부터 연습해 보자.

단 한 줄이라도,
하루의 끝에서
마음의 온도를 기록하면서
마음이 축축했는지, 뜨거웠는지
살펴보자.

상황이나 누군가를 해석해야 한다면
질문을 확장하면서
관계를 부드럽게 만들 수 있도록
기록해 보자.

'왜 저렇게 말했지?'를 기록했다면,
그런 다음에는
'그 말에는 어떤 감정이 있었을까?'를
기록해 보자.

사람에게서 상처받는다고 말하지만,
사람에게서 위로받는 것도 사실이다.

내가 작가로 살아갈 수 있게
도와준 것은
빅데이터가 아니라
가족, 친구,
그 누군가의 말이었다.

그 말을

나는 문장으로 옮겼고,

그 문장이 내가 있어야 할 자리로

돌아오게 했다.

기술의 시대,

어쩌면 우리가 지켜야 할 자리는

처음부터 정해져 있었는지도 모른다.

에필로그 : 기록디자이너

나는 스스로
'기록디자이너'라고 부른다.

처음 이 이름을 붙였을 때
AI 시대를 예견했다거나
거창한 의미를 담았던 것은 아니다.

그저 기록이
순간을 바꾸는 힘을 지녔다는 생각,
감정을 다루는 가장 인간적인 방식이라는
나만의 믿음이 전부였다.

그런데 지금 돌아보면
마치 미리 준비된 단어처럼 느껴진다.

기술이 인간의 많은 영역을 가져가는 지금,
'기록디자이너'라는 표현이
어느 때보다 더 분명하게 다가온다.

나는 글쓰기 강사이자

기록디자이너다.

그래서 종종 이런 질문을 받는다.

"글쓰기와 기록은 어떻게 다른가요?"

가장 본질적인 차이는 목적지에 있다.

글쓰기가 '왜'를 향한 여정이라면,

기록은 '무엇'을 향한 여정이다.

글쓰기는 왜 그렇게 썼는지,

왜 그런 생각을 했는지

끊임없이 질문하고, 질문의 대답을 찾아내

'의미'를 부여하는 과정이다.

반면 기록은 기억을 복기해

무엇을 했으며, 어떤 감정을 느꼈는지,

마음에 남은 것은 무엇인지를
솔직하게 '표현'하는 과정이다.

또 다른 차이는 독자, 대상이다.

글쓰기의 대상은
자기 자신일 수도,
누군가일 수도,
때로는 사회나 세계일 수 있다.
그러니까 내부와 외부, 모두 열려 있다.

하지만 기록은
철저하게 자기 자신이다.

정확히 표현하면,
자기의 경험과 생각, 감정, 행동이다.
무엇을 겪었는지, 어떤 감정을 통과했는지가
기록의 중심 소재다.

이런 차이를 최대한 단순화시키면,

이렇게 정리할 수 있다.

기록은 기억을 붙잡고,

글쓰기는 기록을 돌본다.

'기록디자이너'라는 개념은

바로 이 차이를 인식하는 데서 출발했다.

감정이나 일상을

'기록하는 사람'을 넘어,

기록을 깊이 있게 해석하고

의미를 발견해

'나의 삶을 디자인하는 사람'이 되면 좋겠다는

바람을 담은 표현이다.

그리고 자연스럽게,

그 길을 연결하는 과정은 '글쓰기'가 맡았다.

글쓰기는

기억을 솔직하게 기록할 수 있도록 도왔고,

디자인하는 과정을 통해

의미를 부여하고, 쓸모를 만들어 주었다.

연말이 다가오면

나는 기록디자이너로서

한 해의 기록을 천천히 넘겨 본다.

감정의 기록과

일상의 기록을 살피는 과정은

맨 얼굴로 다시 나를 만나는 기분이다.

어떤 페이지에서는

짧은 문장 하나만으로도

그날의 흔들림이 되살아나고,

또 어떤 페이지에서는

아무 말도 적히지 않은 빈 공간에서조차

바쁜 걸음이 보이는 듯하다.

하지만 그곳을 빠져나올 때마다
나는 언제나처럼 속삭인다.

"그 순간, 그 자리에 내가 있었어."
"이게 나라는 사람이지."

감정은 사라지지 않습니다.

기록하는 사람은 사라지지 않습니다.

기록은 기억을 붙잡고, 글쓰기는 기록을 돌봅니다.

감정을 기록하는 사람은

흔들리는 순간에도

자신의 중심을 잃지 않습니다.

감정 기록의 힘

초판 1쇄 발행   2026년 2월 13일
지은이   윤슬

펴낸이   김수영
경영지원   최이정 · 박성주   **마케팅**   박지윤 · 여원
브랜딩   박선영 · 장윤희   **교정.교열**   김민지
표지 디자인   디자인스튜디오 마음

펴낸 곳   담다
출판등록   제25100-2018-2호 (2018년 1월 9일)
주소   대구광역시 달서구 문화회관길 165, 대구출판산업지원센터 402호
이메일   damdanuri@naver.com
인스타   @damda_book
블로그   blog.naver.com/damdanuri

ISBN   979-11-89784-70-6 (03800)

도서출판 담다는 생각과 마음을 담은 원고 투고를 기다리고 있습니다. 작가의 꿈을 이루고 싶은 분은 이메일 damdanuri@naver.com으로 출간기획서와 원고를 보내주세요.

도서출판담다